서른 살의 박봉 씨

황금알 시인선 134

서른 살의 박봉 씨

초판발행일 | 2016년 9월 30일

지은이 | 성선경
펴낸곳 | 도서출판 황금알
펴낸이 | 金永馥
선정위원 | 김영승 · 마종기 · 유안진 · 이수익
주간 | 김영탁
편집실장 | 조경숙
표지디자인 | 칼라박스
주소 | 03088 서울시 종로구 이화장2길 29-3, 104호(동숭동, 청기와빌라2차)
물류센타(직송 · 반품) | 100-272 서울시 중구 필동2가 124-6 1F
전화 | 02)2275-9171
팩스 | 02)2275-9172
이메일 | tibet21@hanmail.net
홈페이지 | http://goldegg21.com
출판등록 | 2003년 03월 26일(제300-2003-230호)

값은 뒤표지에 있습니다.

ISBN 979-11-86547-43-4-03810

서른 살의 박봉 씨

성선경 시집

황금알

참 많이도 걸어온 길이라 생각했다.

무척 멀리 떠나온 길이라 생각했다.

뒤돌아보니

다람쥐 한 마리가

열심히 쳇바퀴를 돌리고 있었다.

내 아들의 서른 살을 지켜보며

내 서른 살을 되돌아보는 일

참 아득하다.

차 례

1부 경상도 사투리

2부 서른 살의 박봉 씨

3부 달팽이의 집

4부 청포장수 울고 간 뒤에

5부 생각하는 사람

1부

경상도 사투리

보리 한 톨

그래,
경상도 토박이다가
깊이깊이 뿌리내려서 누대에 걸친 가난이다가
보리꽃 피는 왕산들에서는 고봉밥 한 그릇 다 비우고
질경이 명아주 강아지풀 해거름 밟아오는 보리방구이
다가
세에노야 세에노야 행랑채 머슴방에선 장기판의 졸이
다가
팔쭉이다가, 낮게 낮게 흘러서 또 어디로 떠날 봇물이
다가
이 땅의 척박한 어디에선가 살아 썩어져
이 한 몸 썩어져 시퍼렇게 눈을 뜰
보리 한 톨.

세모歲暮

간조기 한 손으로 대목장을 봐오신
아버지는 마당만 쓸고 계셨다
씨나락도 안 되는 멸구풍년 한 해의 통일벼로
젯밥에 올릴 떡쌀을 담그면 하나둘
대처로 떠났던 그리운 이웃들이
머쓱 머쓱한 얼굴로 돌아들 오고
철없는 조무래기들은 안방 사랑방
설빔의 새 운동화로 소란을 떨었다
밤이 이슥해 모여든 이웃들은
고달픈 세상 이야기로 술잔을 기울이고
밤마실을 나가 설샘을 하시는 할머니는
대처로 떠나 소식 없는 딸년들을 걱정하시며
십 원짜리 민화투로 밤을 새운다
촐랑거리던 조무래기들도 모로 잠들고
눈을 감아도 길이 없는 또 한 해
날이 밝아서야 광산 아재는
부산에서 올라오셨다.

경상도 사투리

그래 우리 기쁘게 만날라치면
아이구 문둥이다 툭사발이
마마 곰보 자국의 보리방구다
노름 숭년의 장리쌀 야반도주도
삼사 년 기별 없다 돌아온 딸년도
취발이 곰배팔이 얼싸안으며
이 망할 것아 한마디 툭 던지면
소나기 한마당 시원하게 약 되듯이
찬밥에 땀 흘리는 풋고추도
오뉴월 막장에 배부른 악담도
아이구 문둥아 문둥아 달려오면
보라 비 개인 두척의 청정한 솔잎파리 하나
맺힌 물방울들을 썩 걷어치우는 것을
보라 우리가 저 산같이 성큼 다가서
서로 문드러지도록 맞비빌 수 있다면
청보리면 어떠랴 문둥이면 어떠랴
해방둥이 김서방이 짐서방이 되어도
동란둥이 최서방이 치서방이 되어도
취발이 언청이 문둥이라도 좋을

우리말이여, 경상도 사투리여
그래 우리 기쁘게 만날라치면
아이구 문둥이다, 툭사발이
마마 곰보자국의 보리방구다.

마늘 한 접

세상에 믿을 것이 없다는 것은
저문 들녘에 서서 불타오르는 노을을 보면 안다
내일이면 해는 또 떠오를 것이고
다시 들녘에 나와 물꼬도 틔우겠지만
한 철의 노동을 마감하면서
내 씨알 같은 땀방울들이 저토록
허망한 기포같이 떠올라서야
마늘 한 접이 금가면 못 쓰는
플라스틱 바가지 하나보다 못한 데서야
어찌 믿을 수 있으랴 소금 같은 세상
그 곰보 같은 세상, 생각하면
누구의 이름을 빌려 욕할 수 없는
농투산이가 그저 미울 뿐이다
멜론이나 키위들이야 미더울 것이 못 된다는 것은
저 건너 또 다른 대륙에서 넘어온 이름이어서
코쟁이 코 풀고 지나가면 남는 휴지쪽처럼
냄새를 풍기며 썩을 수도 있겠지만
이 땅의 소금쟁이 벌거숭이 농투산이들
저 근본 같은 내음의 마늘 쑥조차

저렇게 불붙어 타오른다면
어찌할거나 이 저문 들녘에 서서
저 노을처럼 마늘 한 접 타고 있는데
울거나 웃거나 마찬가지 농투산이 하회탈
저 노을처럼 속만 타는데.

수박을 먹으며

어디 바람 한 점 없으니 평상에나 나앉자
삼복의 후줄근한 이마를 짚으며
할머니의 선풍기는 모기향을 날리고
붉어 오는 수박을 쪼개든 우리는
아홉 시 저녁 뉴스를 듣는다
내내 오지 않는 비를 기다리며
화면을 보아라 채널을 맞추면
한입 가득 오늘의 갈증을 베어 문
우리들의 안녕과 질서를 안부하며
금요일의 앵커는 삼십몇 도의 모기떼와
하루살이 떼들만 풀어놓았다
입술을 핥으며 오늘의 국회는 민주주의를 언급하고
수박을 나누고 내내 비는 오지 않았다
한 입 우물거리는 속살에서는 수박씨들이
오늘의 시국사범으로 색출되고
우리들은 분노의 수박씨를 뱉었다
민주주의의 울타리를 언급하면서
시퍼런 식칼로 나머지 반쪽을 마저 썰면
흰 내의 앞섶을 얼룩들이며 일본은 또

한반도의 역사를 왜곡하고 무서워요
무서워요 어린 조카가 잠꼬대를 하였다
한입 남은 살점을 우물거리며
수박씨를 뱉으며 우리는 마냥
올림픽만을 기다렸다
내내 비는 오지 않았다.

배추쌈

오늘 점심은 아버지에 대한 묵념부터다
한 철의 자린 땀내를 헹구어 내시며
어머니는 싱싱한 배추 한 포기로 긍휼히
우리들의 한 끼 양식을 빛내주시지만
고린내 나는 된장을 한 숟갈 퍼질러
시퍼런 배춧잎을 입대로 뭉쳐 넣으면
한입 가득 우물거리면 아 보인다
아버지의 풍작과 흉년의 한 해
잠시 허리띠를 푸는 하오의 햇살에
질긴 섬유질들이 힘줄을 튕기고 일어나
각질을 뚝뚝 분지르며 소리 지르는 아버지의
잘못 푼 답안 같은 민둥산의 생애가
쉬 말은 찬밥을 한 그릇 더 비운 후에도
이빨 사이 사이에 끈끈이로 남는다
속살을 헤집어 권하시는 어머니의
눅눅한 눈치를 살피며 숟갈을 놓으며
아버지 감사히 먹었습니다
감사히 먹었습니다 입가에 발린
밥풀들을 뜯어 목구멍으로 쓸어 넣으면

겉배 부른 트림을 토해놓으면
위 안 가득 고이는 침몰의 바다
시퍼런 배추쌈의 점심을 마치면
정말 오늘부터는 아버지에 대한 묵념까지다.

보리개떡을 먹으며

플라타너스의 마른버짐을 보며
나는 국민학교 오학년이었다
선생님은 분식을 해야 한다고
흑판을 탕탕 치시며 강조하셨지만
운동장 저쪽의 미루나무 잎사귀들은
넋을 놓고 졸고 있었다
4교시를 마치면 볕이 잘 드는 창가에서
반 동무들은 도시락을 풀고 제각기의
젓가락 소리를 내며 자주 밥알들을 튕겨내지만
풀기 없는 나는 언제나 보리개떡이었다
늦잠 든 나를 깨우며 어머니께선
저 미루나무처럼 당당하라고 하셨지만
철없는 아이들은 굴뚝새 한 마리에도 곧잘 웃었고
나는 언제나 머리카락 보일라
꼭꼭 숨어라 플라타너스 등 뒤에서
목이 메었다 화단을 빙 돌아 급수대에서
한 바가지의 샘물을 길어 마셔도
갈 곳 없는 점심시간이 너무 길었다
플라타너스 그늘 아래 부끄러운 이름을 달아매면서

무엇을 할 것인가 마른버짐을 보며
달랑 달랑 불알 두 쪽이 부끄러웠다.

시범농고생 조카

빈농의 아들로 태어나
육 남매 맏이가 되어
된장국 시래기로 땀 흘리다 이제는
훌쩍 자라 열일곱 시범농고 장학생 너는 가누나
쌈판에 나서는 장닭처럼 당당히 깃털 올리고
마늘금 떨어진 십 리 장터로 너는 가누나
풍선으로 만장한 양파꽃 들녘을 지나
너의 꿈은 여전히 자작농가의
유언비어 같은 복지농촌이지만
너는 몰라라 오엽송 분재 한 그루
드문드문 어색히 박힌 민둥산같이
농막에 코 박고 사는 우리 생애를
째지면 솔이고 막히면 팔쭉인 것을
낮게 낮게 흘러서 풋새로 몸을 가린
농투산이를 너는 몰라라 마늘금 떨어진 십 리 장터로
너는 가누나 양파꽃 마늘논 들깨밭을 지나서
창녕읍 송현동 북창교를 지나서 교련복장에
삽자루 화훼원예 2급 기능사 자격증 하나
핫둘핫둘 구령 붙이며 발맞추어

당당한 아침으로 너는 가누나
튼튼한 농우소 너는 가누나.

누에의 여름방학

우리는 새마을방학이다 순이야
대천이다 해운대다 모두 떠나고 나면
스물두 살의 윤기를 더하는 뽕밭에서는
사잠오령의 누에로 잠깐 잠깐 잠들다
저녁이면 콜드크림을 번덕거리며
뽕잎의 나방으로 밤마실을 가자
몇 명의 지방 사립대 학생들이
야학입네 의료봉사네
온 밤의 야광충을 불러 모으다 낮이면
개량주택 위 경상도 철기로 잠드는
마을 구판장 새마을회관을 지나
영자네 파란 철대문을 잠실에서는
틈틈이 읽어둔 연애소설의 구절을 떠올리면서
희디흰 고치 하나를 만들자
기타를 치거나 콜라를 마시며
왼통 마을 하나를 동으로 흔들던
할렐루야 하느님도 이제는 시들해져서
내일은 한밥의 누에로 짐을 꾸릴 터
지천동으로 너울대는 뽕잎을 흔들며

내 나이 새까만 오디 하나로 매어달렸다
스무여드레의 사랑을 훌훌 털어버리고
칸칸이 섶으로 올라가 고치가 되자
대천이다 해운대다 모두 떠나고 나면
남은 우리는 새마을방학이다 순이야
밤이면 콜드크림을 번득거리며
밤마실을 가자, 나방이 되자.

새농민 체육대회

젊은 마을 이장이 대회장이 되어
우리도 현수막 하나 달아보고 싶었다
농촌지도소와 협동조합을 돌아
게양대 높이 펄럭이는 태극기의 고암국교
흰 광목차일 커다랗게 펼쳐놓고
내가 누구냐 빌려온 앰프로 더 크게
새마을 노래를 불러보고 싶었다
수매 없는 올해의 광보리를 떠올리면서
높으신 면장님의 연설이 끝나면
열렬히 박수나 쳐주다 푸른 새마을 녹색 모자를
힘껏 움켜쥐고 하루가 다 저물도록 공을 차다가
술이 돌아 일등 없는 시합을 마쳐도 좋아
희뿌연 양파금 떨어지면 어때
개값의 농우소 자빠지면 또 어때
자장면 한 그릇 소주 한 병이면
우리는 얼마나 젊은 나이냐
이제는 동이도 허생원도 찾는 이 없는
시장터를 돌아 신나게 꽹가리를 두들기면서
영농자금이며 매상수매가격이며

이 세상 왼통 다 잊고 싶었다
고래고래 쌍나발을 불어 재끼며
하늘대고 종주먹 주먹감자 먹이면서
더 크게 새마을노래 불러보고 싶었다
높이높이 현수막 하나 달아보고 싶었다.

새마을의 크리스마스

우리에게도 크리스마스가 있었나니
보라 새마을의 앰프에서 울려 나오는 성탄절의 노래
생생한 하느님의 나라가 되어
마을 구판장 녹색 지붕 위에 잠시 머물다
징글벨 징글벨 구주 오신 밤에 떠오르는 십자성을
간간이 영화장면 같은 종소리를 땡 땡 울리다
군인이 되지 못한 방위병들의 짧은 머리칼을 일으키며
다시 징글벨 징글벨 또 다른 부대끼므로 달아오르고
젊은 우리는 싸전을 지나 변두리 다방의 늙은 레지를
찾는다
아 지방농림직 구급공무원을 위하여
이 나라의 하느님이 주신 공휴일
첫눈은 더 깊은 의미를 찾아 온 벌판으로 나린다
따뜻한 겨울이 되기 위하여
연말의 보너스로 백 장 연탄을 들이는
유동 형님의 노오란 월급봉투 위로
가난한 한 해를 구원하며 흐트러짐 없이 눈이 쌓인다
하느님의 아들딸들의 나라가 되자 세월이 좋아
더 넓은 길은 영남으로 호남으로 끝없이 달려가고

그 넓은 길로 떠나간 처녀들은 구주 오신 날의
십이월을 며칠 남겨두고 화장기 짙은 부츠를 신고 돌
아왔다
잔기침과 깍두기 몇 날으로 모이는 노인들의 경로당
그 옆의 간이매점 외상장부 같은 달력을
아 셈하지 말아라 서른을 넘긴 지방농림직
구급공무원의 나이를 셈하지 말아라
새마을 앰프에서는 더 크게 징글벨 징글벨
구주 오신 날의 하루 천국이 되어
이 땅의 젊은이들이 모두 취하고
온종일 탁한 막걸리로 흐려있어도
보라 우리에게도 크리스마스가 있었나니
새마을의 앰프에서 흘러나오는 징 징 징글벨
징글벨 소리.

새마을회관의 흑백 테레비

밤이면 우리는 왜 몇 마리의 빛나는 야광충이 되지
푸른 나라 푸른 들의 마을 어귀 새마을회관
흑백 테레비 앞으로 분연히 날아들지
혼자 잠들 수 없는 땀띠 난 칠월의 저녁
혹은 우리들이 닿아야 할 불 밝은 나라를 찾아
철없는 불나방이 되지
날아들어도 갈 곳 없는
흑. 백. 의. 세. 계.
알면서 왜 알면서 일일 연속극의
슬픈 주인공이나 꿈꾸지
이별이 서러운 춘향이를 위하여
쇠돈짝 마패 하나로 찾아온
당당한 이 땅의 이 도령을 위하여
태극형 부채를 흔들어주기나 하지
잠시잠시 달콤한 졸음에 끄덕이기나 하지
어딘가 우리가 닿아야 할 나라
불 밝은 세계를 찾아도 아직 우리가 가진 건
땀띠 난 칠월의 저녁뿐, 꿈꾸어도 우리는 이미 슬프다
알면서도 왜 알면서도 그 잡놈의 하루살이 떼

모기떼를 쫓으며 밤이면 밤마다
몇 마리의 불나방이 되지.

비빔밥을 먹으며

가끔 비빔밥을 먹으며 세상은
비빔밥 같은 밥상이라 생각하면
한 놈은 고추장이 되어서
세상은 온통 붉다 하고
또 다른 놈은 쉬어터진 김치 쪽이 되어서
세상은 왼통 썩었다 하고
남은 놈들은 낱낱이 떠도는 밥풀이 되어서
이리저리 뭉쳐 다니며 아무 곳에서나 붙어
와와와 합니다

어허 저놈들
누가 큼직한 놋숟갈로
이리저리 척척 비벼 뒤섞으면
세상은 저만큼의 색깔로
저만큼의 냄새를 풍기며
고봉밥 한 그릇 잘 엉켜서
떠도는 밥풀 같은 우리들에게
한 숟갈 고운 포만감이 된다는 것을
왜 몰라 왜 몰라 합니다.

공화국 만세

투박이 맹문이 지지리도 못난 놈끼리
우리도 얼굴을 맞대고 모여서 한세상 이룬다면
그래도 튼튼한 나라 아니냐
남녘 돌 북녘 돌 다 모여서
모나면 정 맞지 각 없이 닳아
부끄럽고 못나서 쑥스러운 어깨를 걸고
강강수월래 한오백년 흘러온 이 강가에서
덩덩 덩더쿵 한세상 이룬다면
이 땅도 훌륭한 국토 되것지
투박이 맹문이 못난 놈끼리 손 포개고
어깨를 걸고서 저 튼튼한 성벽을 우리가 쌓는다면
굳은살 하나 주름살 하나 이제는 평범한 얼굴로
서로의 어깨를 다독거리며 서해로 남해로
쳐들어갈 저 성난 물결들을 받쳐준다면
정말 튼튼한 나라 아니냐
하느님이 보호하사 우리나라 만세
공화국 만세 아니냐.

2부

서른 살의 박봉 씨

서른 살의 박봉 씨
— 기념사진첩

나는 없다
가끔 생각은 해보지만
흑백사진 하나가 없다
나의 어머님께서도 남들처럼
후루룩후루룩 미역국을 드셨을 텐데
정말, 남들처럼
그 잘생긴 놈 하나 덜렁 내놓고
백일기념, 혹은 첫돌 기념
흑백사진 하나가 없다
연필을 쥐었는지
명주실을 쥐었는지
-그놈 참 명은 길겠다-
하시는 할머님의 말씀이 없다
일구육일칠공육
흑백사진 하나가 없다.

서른 살의 박봉 씨
— 포장마차여 영원하라

애인愛人과 냄비우동을 위하여
단돈 천 원의 넉넉함을 위하여
포장마차여 영원하라
찬바람이 잦은 우리의 겨울
저 바람막이의 오뎅 국물을 봐라
낯선 만남이 있어 술잔을 나누어도
손 흔들면 쉽게 잊히는 안온함
김밥처럼 말려가는 세상에서
얼마나 넉넉한 나라냐
삼백원 우동의 따뜻한 새참에
후루룩후루룩 국물을 들이켜면
첫눈이 온다. 펄펄 김을 날리며
애인은 흰 가락으로 흩어져
늘 내 알 수 없는 그리움으로 휘감아 오나니
자주자주 술병으로 쓰러지는 젊은 날의 봄꿈에도
소주 한 병이면 넉넉한
포장마차여 영원하라
단 한 번의 평등한 건배와
그 취기로운 자유를 위하여
애인과 냄비우동을 위하여.

서른 살의 박봉 씨
— 누구를 만난다는 것은 괴롭다

누구를 만난다는 것은 괴롭다
봉급날이 가까운 하오
-오랜만이군 친구-
가볍게 어깨를 짚으며 걸려오는
전화는 두렵다
-그동안 잘 지냈는가_
짤랑짤랑 토큰 소리를 내며
-아하! 만나야지 그럼-
가볍게 약속은 하여도
짧은 소매의 가을빛에 내보이는
-그럼, 거기서 만나세 허허!-
빈약한 웃음은 괴롭다
찻값을 내야 할 적당한 시간이 오면
종종 구두끈이 풀리고
술집을 나설 때쯤이면
언제나 오줌이 마려운
이런 날의 만남은 두렵다
-저런, 계산은 내가 할 텐데-
벌써 친구는 저만큼 앞서 가고

-다음에는 내가 냄세-
정말,
누구를 만난다는 것은 괴롭다.

서른 살의 박봉 씨
— 첫눈, 혹은 세모에 대하여

몇 가닥의 새치를 기르며 늙어가겠다
첫눈을 맞으며 외투 깃을 세우고
—사랑의 아픔 따위는 통속적이다—
거짓말 하지 않으며
살이 부러진
비닐우산을 함께 받으며
울고 싶은 사람이 있다면
함께 울어주며 밤새우겠다
그래,
한두 송이의 눈발을 맞으며
가만히 눈감아 생각해보면
세상에 그럴듯한 사연 하나 간직하지 못한 사람이
어디 있으랴 저토록 눈은 내리고
잊힌 사람들의 이름을 외우다 되돌아보면
아 날은 저물어 쓰러진 눈발같이
세상은 다시 아득하구나, 목숨까지
눈발로 휘날리다 눈발로 내려앉는 것을
왜 이다지도 죄는 깊어서
가슴가슴 자국으로 남아있으니

저 눈으로 지워지길 바라고 있으니
첫눈의 낭만 같은 것 이제 없구나
지나온 것들은 다 아름답다는데
나는 부끄러이 외투 깃을 세우고
고개 숙이면 다시 아득하여서
몇 가닥 새치나 기르며 늙어가겠다.

서른 살의 박봉 씨

— 농무農舞를 읽으며

시인 신경림, 그는 훌륭하다
퇴근길, 책방에 앉아 읽는 농무農舞
잊고 지낸 고향에서 내 혈관 속으로
캥마 캥마 캥마쿵 백 리도 더 달려와
내 귀에 박히는 풍물소리여

왜 잊었던가 고개를 돌리면
지금도 타작 마당에선 화톳불을 피우고
아버지는 어머니 곁에서
삼촌 고모는 또 그 곁에서
짚단을 나르던 조무래기들까지
칼치 국물에 밥을 말아
고시래 고시래 펄펄 입김을 날리는 것을

왜 잊었던가 내 돌아가
알곡으로 씨눈을 틔울 곳
도회에서 나서 도회에서 자란
나의 아내에게 나의 아들에게
또 도회에서 늙어갈 또 다른 이웃에게

목숨다운 목숨이 땀 흘린다는 게
얼마나 행복한 것인가를 가르쳐 줄
시여 시인이여

그는 고향이다 시인 신경림
잠시 잊고 한눈을 파는 사이
왼통 봄도 가을도 잊어
이렇게 외진 내 혈관 속으로
북이며 장구며 꽹과리며
흙이며 땀이며 노동까지
아버지 어머니 내 고향까지
한꺼번에 다 데불고 와서는
목숨다운 목숨 가르치는
시여 시인이여.

서른 살의 박봉 씨
— 요즈음, 막걸리를 마시면

막걸리를 마시면 고향이 그립다
지게목발 싱싱한 가락으로 장단을 맞추며
저물어도 풋꼴 한 짐이면 넉넉하던 노을
지금도 술잔 위에 출렁이는데
한 점 깍두기를 집을 사이도 없이
세상은 모두 제 흥에 겨워서
어서어서 부르세요 쿵자자작작
돌아와요 부산항에 청해오는데
술은 왜 이리도 빨리 오르냐
짝하니 나누어진 소독저를 들고
지금은 고작 술상이나 두들기는데
희망가나 부르며 눈물겨운데
투박한 손들의 어미 아비들
어미소같이 편안하실까
지게목발 지게목발 생각하면은
새봄은 어물리들을 넘치게 넘치게
화왕산도 중턱까지 차올라와서
바지랭이 가득하게 참꽃이 일렁이는데
오늘은 노을도 넉넉한 취기에 흥이 겨워서

월급쟁이 소심한 때를 벗고서
술상을 두들기며 막걸리를 마셔도
어른어른 고향이 떠오르면
목매인 노래조차 되지 않는 요즈음
나는 지게목발 나는 지게목발.

서른 살의 박봉 씨

― 물금勿禁

물금勿禁에 가서 살고 싶다
조성기의 『통도사 가는 길』을 읽으며
하지 말아라 금禁하지 않는
물금에 가 살고 싶다
법法의 이름으로
선생의 이름으로
아버지의 이름으로
하느님의 이름으로
……하지 말아라
그리고……하지 말아라
듣고 살아오면서 어느덧 서른
선생이 되어서 다시 아이들에게
아버지가 되어서 아이들에게
……하지 말아라
……하지 말아라
……하지 말아라
그리고 다시……하지 말아라
가르치며, 강요하며 육칠 년
조성기의 소설을 읽으며

가보지 못한 땅, 지명을 그리워하며
이젠 물금에 가서 살고 싶다
다시는 무엇을 하지 말라 말하지 않으며
금하지 않으며, 물금으로
물금에서 살고 싶다.

서른 살의 박봉 씨
— 삶, 콤플렉스

결별할 수 없는 그림자여
너는 나의 적敵이다
기운 옷가지에 정감이 가듯
더 사랑하는 [나]이거나
나의 상처다 너는
나의 흉물스러운 욕망이다
하늘의 기러기도 땅 위에 제 그림자를 남기듯
발 뒤꿈치로부터 나의 형상을 흉내 내며
삶의 곳곳에서 나를 뒤 돌아보게 하는
두려움이며 포승줄이다
아픔이며 나의 사랑이며
눈물지듯 상처 속에 소금밭을 키우는 자학이며
다툼 뒤에 더 사랑하는 아내이며
헤어질 수 없는 악연이다
등 뒤에서 날카로운 비수로 웃는
너는 시저의 브루투스이며
태워버릴 수 없어 오래된 일기장을 들추듯
영원히 내가 나로 남게 하는 거울이다
가슴 속 깊이 숨겨온 불씨이며

결별할 수 없는 그림자이며
그 무엇보다 나의 적이다.

서른 살의 박봉 씨
— 삶, 방 한 칸을 위하여

쉬어터진 김치쪽만이 궁휼히
그대의 저녁 식탁을 화나게 할지라도
결코, 짬뽕 따위를 좋아하지 말라
한때의 입맛은 가고 나면 그뿐
현금은 언제나 우리에게 남아
세상을 다하는 그 날까지 위안이 되리니
섣불리 중국집 문지방을 넘지 말라
때로는 굳은 결심도 허물어져
유명상표 앞에서 머뭇거려지거나
내 이 젊은 나이에, 하고 한심스러워질 때도 있으리라
그러나 말없이 기다리는 돼지저금통을 생각하며
조용히 발걸음을 돌려 집으로 향하라
세상의 오늘은 김치쪽이 잘 삭아서
내일의 맛깔스런 갈치토막이 못될지라도
결코 겉 다르고 속 다른 자장면 따위엔 속지 말라
지상의 방 한 칸을 위하여, 끼니마다
콩나물을 다듬는 아내의 노고를 생각하며
궁휼히 그대 식탁에 오른 김치쪽만으로도
지극히 만족한 얼굴로 한 끼를 채울 것이라

한 끼의 배부름은 짧고
가난의 노정은 영원히 길지니
쉬어터진 김치쪽만이 궁휼히
그대의 저녁 식탁을 화나게 할지라도
결코 짬뽕 따위를 좋아하지 말라.

서른 살의 박봉 씨

— 삶, 구두 한 켤레

내 육신은 무슨 쇠로 만들었기에
밟히고 닳힘이 이다지도 대단하냐
오뉴월 하루, 땀에 젖은 일과를 벗고
아직도 더운 석양 무렵의 땅바닥에 몸을 누이면
아아 어디쯤에서 우리가 닿아야 할
빛나는 마을의 어귀가 보일까
또 아침이 밝으면 어제의 먼지를 털고
깨끗이 빛나는 얼굴로 광택도 내어보지만
율도국으로 떠난 길동이는 돌아오지 않는다
세상이 바뀌어도 크고 작은 돌멩이들은
이 산 저 들에서 여전히 길을 막고
신기료를 찾아서 낡은 뒷굽을 갈아도 보지만
위 덩더둥성 태평성대
다 같이 평등한 세상은 어디에도 없었다
온산에 철쭉이 피어도
때맞춰 구절초가 져도
날이 새면 내가 가야 할 길은 끝없는 구절양장.

서른 살의 박봉 씨
— 삶, 편지

진정 내가 가야 할 길이라면
그 길 조금도 후회하지 않겠다
우표를 붙이고 주소를 적고
총총히 내가 가야 할 우편번호를 따라
내 닿아야 할 그곳 기쁘게 가서 닿겠다
먼 훗날 또는 가까운 장래
혹시나 하는 염려가 뒤따르더라도
결코 뒤돌아보며 한숨짓지 않겠다
먼 길을 가다 때로는 외지고 험난하여
간혹 알지 못할 서러움에 잠길지라도
진정 내가 가야할 길이라면
지극히 평온한 얼굴로 그에게로 가겠다
문득 문득
내가 가 닿아야 할 그곳에서
조그마한 기쁨이라도 되었으면 하고 꿈꾸며.

서른 살의 박봉 씨
— 봉급날

봉급을 받고 퇴근하는 길
딱 한 잔만 하자는
동료들의 손을 뿌리치고
숨 가쁘게 집으로 달려와
나는 슬프다
한 푼도 어김없이
봉투를 내밀고 저녁을 먹고
나는 슬프다
아내도 무사하고
아이들도 무사하고
나도 무사한데
누구의 잘못도 없이
나는 슬프다
TV를 보며
혹은 신문을 읽으며
곰곰이 나는 슬프다.

3 부

달팽이의 집

달팽이의 집

이사철이 되어서 나는
이 언덕배기 저 달동네 쫓아다니고
아내는 전봇대와 전봇대
그 사이 벽보들을 읽고 다닌다.

방 1칸 부엌 1칸
전세 500 달세 4만

나의 마땅한 거처는 없었다.
저 달팽이 같이
무겁게 짊어지고 가야 할
없어서 더욱 무거운 나의 집.

독사

내가너희에게이르노니목숨을위하여무엇을
먹을까무엇을입을까염려하지말라목숨이음
식보다중하지아니하며몸이의복보다중하지
아니하냐공중의새를보라심지도않고거두지
도않고창고에모아두지아니하되너희천부께
서기르시니너희는이것들보다귀하지아니하
냐또너희가어찌의복을위하여염려하느냐들
의백합화가어떻게자라는가생각하여보아라
수고도아니하고길쌈도아니하느니라그러나
내가너희에게말하노니솔로몬의모든영광으
로도입은것이이꽃하나만같지못하였느니라
(마태복음 제6장)

그런데 왜 아버지는
물뱀 같은 나에게
독사같이 살라 하셨을까.

59

찬밥

아이를 가지고 입맛이 없다는
아내를 위하여 찬밥 한 그릇을 말아
멸치 몇 마리와 함께 들여온 나는
온갖 너스레를 다 떤다
내 유년의 고향 얘기며
풋고추며 양파며 된장이며
마늘종다리 장아찌까지 들먹이며
이 여름 쉬 말은 찬밥 한 덩이가 얼마나 맛나는 별미인
지를

그러나 아내여
눈웃음치며 게 눈 감추듯
찬밥 한 그릇을 먹어치우며 생각해보면
찬밥이 어찌 밥이 차다는 뜻뿐이랴
내가 세상에 나와 오로지 굽실거리며
아양 떨며 내 받아온 눈치며 수모
그 모두 찬밥인 것을

아내는 아직도 입맛을 다시며

재미있다고 깔깔거리고 박수를 치고
제가 배웠던 고등학교 교과서 그 낭만적인
김소운과 가난한 날의 행복 한 구절을 떠올리며
정말, 우리는 늙어서 할 얘깃거리가 많겠다고
스스로 결론까지 짓는 아내 앞에서 더욱
너스레를 떨며 아양을 떠는 나는 누구냐.

가랑비 촉촉이 속으로 젖어드는
찬밥 한 그릇.

바늘귀

생활의 때가 꼬질꼬질한 손수건에서
비둘기를 꺼내는 마술사처럼 지전紙錢 몇 장
할머니 가는귀 엿듣네

구경꾼도 몇 안 되는 시골장터

아버지는 낙타를 타고 바늘귀 속으로 들어가
먼 아라비아 사막의 노가다 십장
야자수 한 그루
모래 등의 배경사진에 박혀
돌아와 돌아와 듣지 못하고

막내는 자주 체하여 손등을 따네

서늘한 손바닥으로 등을 쓸어주시던 어머니
생활의 터진 솔기 사이를 기우며
저기 나무 송松하면 한 마리 학이 내려와 앉고
저기 꽃 화花하면 모란꽃 위로 긴꼬리명주나비 한 쌍

나는
간혹, 어머니의 한숨 못 들은 척하네.

싸구려를 위하여

어찌 너와 나의 인생이 싸구려랴만
값없는 청홍이니 박수나 치자
길 없는 우리네 청춘도 바겐세일
앞 없는 우리네 내일도 할인판매
골라 골라 골라서, 어쩜 생활이란 건
날마다 새롭게 선택하는 일
우리가 모두 젊다는 맛에서 청바지
우리는 모두 싸다는 맛에 난장판
탬버린을 칠까
꽹과리를 두들길까
저기 저렇게 맺혀서 산
또 이렇게 흘러서 강
너와 나의 인생이 어찌 싸구려랴만
값없는 청홍이니 박수나 치자
앞 없는 우리네 내일도 할인판매
길 없는 우리네 청춘도 바겐세일.

竹竹 우는 대

어쩌자는 겐지
하릴없이 뒷짐만 지고
각아비자식같이 뒤꼍으로만 서성대고

네이놈 네이놈
마디마디 오금을 박으며
왼종일 회초리를 내리쳐도
마음은 허공의 집처럼 비어서
강태공 곧은 낚시 같은 얼굴을 하고

내 뼈에 천공天空을 뚫어
외로 선 학다리처럼
하늘을 향해 삐이삐이 운다면
네 텅 빈 속이
석류 알같이 가득 찰까

竹竹 눈물만 흘리고
정말 어쩌자는 겐지

허생虛生

나이 사십이 다 되도록 집 한 칸 없이
달팽이 같이 떠돌아다니며 돈 안 되는
시 나부랭이나 끄적거리는 나에게
아내는 늘 적자투성이인
낡은 가계부를 코밑에다 들이밀고

당신은 평생 과거科擧를 보지 않으니 글을 읽어 무엇
합니까?
허생許生은 웃으며 대답했다.
나는 아직 독서를 익숙히 하지 못하였소.
그럼 장인바치 일이라도 못하시나요?
장인바치 일은 본래 배우지 않았는걸 어떻게 하겠소.
그럼 장사는 못 하시나요?
장사는 밑천이 없는 걸 어떻게 하겠소.
처는 왈칵 성을 내며 소리쳤다.
밤낮으로 글을 읽더니 기껏 어떻게 하겠소, 소리만 배
웠단 말씀이오.
장인바치 일을 못 한다. 장사도 못 한다면 도둑질이
라도 못하시나요?

아아 잘못 쏘아진 화살이여.
빗나간 과녁이여.

화살

적敵들은 어디에서나 날아온다
온 봄날의 화살이 되어
마구잡이로 ↓↓↓↓↓↓
슛슛슛 내려 꽂히고
내가 잠시 한눈을 파는 사이
동에서 →→→→
서에서 ←←←←←
혹은, 남에서 북에서

고양이처럼
들쥐처럼 영악하게
잠시 잠깐의 틈바구니를 헤치고
적들은 몰려온다

때로는 목련 꽃잎에 내리는 봄 햇살처럼 아늑하게
때로는 부용 꽃잎에 내리는 빗줄기처럼 요란하게
별빛처럼 차갑게

적들은 아무 예고도 없이 날아온다

혹은, 불기둥으로
혹은, 구름기둥으로
신성神聖한 증언證言도 없이 마구잡이로
↓ ↓ ↓ ↓ ↓ ↓
↓ ↓ ↓ ↓ ↓ ↓
숫숫숫 숫숫숫 온다.

국화빵 선생

이 계절
너는 어떤 결실을 거두겠냐고 묻는다면
가을이 오는 시월의 어귀쯤에서
나는 국화빵을 먹겠다
오늘은 고삼이거나 중삼
밤이 늦어 돌아오는 도서관
그들의 빛나는 이름표를 위하여
사당오락의 시간표를 위하여
국화빵을 먹으며 국화빵을 생각하겠다
사랑의 허튼 맹세로 글씨를 쓰며
혹은 흑판을 문지르며
오늘은 사지선다형의 국어선생
단팥의 알속도 없이
회초리를 들거나 분필을 들고
합격의 출석을 부르는 동안에도
보아라, 저희끼리 쏠리고 모이는 잎진 나뭇가지들
한 잎씩 어느새 노랗게 익어 세상의
국화 꽃잎으로 시드는 것을
또 한 해 달콤한 사랑의 허튼 맹세로

쉬쉬 설탕을 흩뿌리면서
또 한 봉지의 국화빵을 묶어내면서
너는 이 계절에 어떤 결실을 이루겠느냐
내게 물어온다면 나는 국화빵을 먹으며
아버지의 타작마당에서 와와와
쏟아지던 씨눈들의 낱알을 생각하겠다.

손바닥에 쓴 시

아득하구나 그대여
옹이 박힌 손바닥에 적어보는
그리움의 이름들
길게 혹은 짧게
자잘하게 새겨진 손금을 따라
죽어서 꽃이 된 이름과
살아서 살아서

아아 강물같이 흐른다
몇 낱의 눈물방울 지우며
정녕 떠나가는 그대
이제 그 무엇으로 이름 지워질 것인가
또다시 눈가에 주름을 지우며
정말 아득하구나 내 사랑
내 길이여.

4 부

청포장수 울고 간 뒤에

돌, 별곡청산別曲靑山

어디쯤에서 손을 놓을까
빙 돌아 휘어져 굽이쳐도
굽이쳐 다시 휘어져도
다 막히는 길
길 밖이 길이라는 데
손을 놓으면
내가 길이 될까
손을 흔들어
던질 곳 없는 돌멩이 하나
이쯤에서 놓아 버릴까
내가 놓여나 길이 되면
저 돌멩이 객승이 되어
허이 허이
팔도강산을 자유로이 떠돌까
젖은 날 내다 거는 빨래처럼
저 유정한 돌멩이 하나.

산, 별곡청산別曲靑山

산에 가서 무얼 할까 그들
저기 저렇게 산들이
산들이 되짚어 내려오는데
꺽정이 길산이도 내려오는데
다들 산에 가서 무얼 할까
이제는 신령한 지팡이도 없는
저 심심한 산
저 산에 가서 무얼 할까 그들
얄리 얄리 얄라성 올라가
멀위 다래 무얼 할까 그들
다들 산에서 산 간다는데
산 가서 그들 무얼 할까
꺽정이도 길산이도 없어
하다못해
신나는 산적 한 놈 없어
저 심심해진 산
얄라리 얄라 내려오는데
저 산이 되짚어 내려오는데.

새, 별곡청산別曲青山

누가 가고 있데
– 지나가는 사람 일 –
그렇게 누가 가고 있데
기역이나 니은
누가 가고 있데
– 지나가는 사람 이 –
– 지나가는 사람 삼 –
그렇게 누가 가고 있데
저 청한 하늘 저 흰 구름 사이로
누가 가고 있데
– 지나가는 사람 사 · 오 · 육 –
그렇게 누가 가고 있데
시옷 시옷 그렇게 가고 있데

마음을 비운 산봉우리 둘 산그림자 둘 나란히 얼굴 가
리고

새 한 마리
쭉–
그어진 선하나 가고 있데.

밤, 별곡청산別曲青山

적소謫所야 네 이놈
이제는 네놈 차례다
내 한 몸 잠들면 이제 그뿐
새 한 마리 날아들지 않는 이 적막
맛보거라 이놈 적소야
그 긴 긴 날
네가 나를 가두었던
저 벽壁과 벽 사이
유폐와 유폐 사이
곰보같이 얽었을
내 그리움과 기다림의 소금을
맛보거라 이놈
이제 잠들면 나는 그뿐
소태 같은 외로움 맛보거라
네 이놈
네 이놈 적소야

술, 별곡청산別曲靑山

그리움이나 이 적막도
한 천 년 썩으면 향기로울까
저기 봄하고 말하면 진달래향
저기 가을하고 적으면 국화향
빚은 듯 일곱 빛깔 무지개로 빛날까

저 홀로 권커니 잦커니
허허 노을에 붉은 사내 하나
만첩준령 다 물 들이고
마음의 짐 같아 벗어놓은
삿갓 하나
죽장 하나.

사슴, 별곡청산別曲靑山

이놈
뿔만 없으면 가겠네
솟을대문 쇠대문
열려라 참깨
장판교 건너 달려가겠네
관운장 적토마 나는 가겠네
그리운 그대
한걸음에 달려가겠네

山.山.山.
岩.岩.岩.
막고 선 이놈의 뿔
비껴라 이놈.

청산靑山 가는 길

청산靑山 가는 길
청산을 얻었다 청산을 잃으니
청산이 보이지 않는다
어디 청산아 너 거기 있느냐
너 거기 있느냐 불러도
청산은 보이지 않고
대답 없는 물음만 남네

목련이 피다

말하지 말걸
정말 아무 말하지 말걸
감추듯 몰래 눈 맞추고
아슴아슴 아지랑이같이 저절로
발돋움이 담을 넘어도
아무 말 말 걸 그래
정말 아무 말 말하지 말걸 그래.

뒤돌아본다는 것은 결국 되돌아 그 자리에
다시 돌아오는 일임을 알면서도 멈추고 마는
저 청산靑山 가는 길 멀어서 더 욱어진 길.

그 여자, 간혹 힐끔 쳐다보아도
그 여자, 꿀벌이 잉잉거리던
그 여자, 사랑한다 말해보지 못했던
그 여자, 가끔 껌을 건네주던
그 여자, 어느 날
문득.

서학사樓鶴寺 가는 길

원래 없는 것들도
없어
서운한 것은
손닿는 것만이 아니라고

한고비 마음을 따라 오르는 산길
저기 옹이가 많은 남기 마음에 걸리고
발을 자주 거는 돌멩이에 마음이 쓰이고
산은 저긴데 생각은 허공
길은 가는데 마음은 따라주지 않아
괴롭다고 생각이 없는 마음을 풀어 놓으면

문득
하늘을 채웠다가 비워내는 구름과 달
산을 채웠다 비워내는 풀과 꽃

원래 없었던 것들도 돌아와 빈자리를 채우고
원래 채워진 것들도 비워져 빈자리를 만드는
없던 마음과 비워진 생각들이

잊고 지내온 서운한 것들을 만나러 가는 길

서학사栖鶴寺에는 학鶴이 살지 않는데
학이 운다.

동백꽃이 지다

오오오
어지러운 아지랑이
온 봄날에 나는 녹아서
금세 지워질 성애같이 나는 녹아서
나는 너무 이른 봄날에 뜬 무지개야
아니 나는 눈으로 만든 사람이야
뚝뚝 눈물지듯 녹아내릴거야
붉은 눈을 가진 새들이 붉은 눈으로
티눈 같은 봄의 붉은 꽃을 키우고
무서워 세상은 온통 붉은색이야
온 잎들이 끊임없이 재잘거리고
호들갑 떨며 휘이이청 세상이 시끄러울 때
네게 보이는 것은 원래 네가 꿈꾸던 것이라고
봄날은 운수납자雲水衲子가 떠난 발자국 같은 것이라고
 저기 구름 가리키는 손가락을 나는 그 손가락의 끝만
쳐다보면서
 오오오 나는 어지러운 아지랑이
 온 봄날에 녹아내려서 나는
 눈으로 만든 사람이야

녹아내려서
붉은 눈의
꽃
꽃
꽃.

콩꽃이 필 때

옥상에서는
영희가일하는방직공장도보였다
영희는이제푸른작업복을입고흰작업모를썼다
영희는생산부직포과에서일했다
모자에는훈령공마크가그대로있었지만
하는일은원공과다를것이없었다
영희는일분에백이십걸음을뛰듯걸었다
영희가뛰듯걷는동안직기들은무서운소리를내며
돌아갔다기계도고장이나면죽어버렸다아니면
일을제마음대로했다영희는죽은틀을살리고
이상작업을하는틀에서는관사를풀어이어
정상으로돌렸다영희에게주어지는점심시간은
십오분밖에안되었다직포과의직공들은
차례를정해한사람씩달려가식사를하고왔다
……허겁지겁먹고다시현장으로
달려들어가직기사이를뛰듯걸었다
영희는한시간에칠천이백걸음을걸었다.

〈조세희, 난장이가 쏘아올린 작은공.〉

밤이면 우리들은 늘 유리구두가 되지.
호박마차를 타고 또박 또박
에메랄드 성으로 가지. 혹은 왕자님을 만나고
왈츠를 추고 귀여운 나의 마부여 안녕
부르튼 잿빛 발바닥은 어디로 갔을까?
밤이면 늘 우리들의 발바닥을 잃어버리지.
아직은 깨면 안 돼.
깨어지면 안 돼.
발바닥을 잃어버린 우리들의 유리구두.
괘종시계에 맞춰 급히 돌아오기도 하지.

아침이면 늘 한 짝을 잃어버리는 유리 구두.

콩꽃이 질 때

803호에는젊고예쁜여자가산다
정확히말하면그젊은여자도
대학을나오지는못했다
다니다그만두었다
학력같은것이그여자에게는
필요없었다그여자는남달리예뻤다
〈34-23-34〉의몸에실한올걸치지않고
잘꾸며진가운데거실분수가에서있는것을
돈많은남자들이보았다
돈많은남자들은많은돈을주고
그여자를사곤했다그여자는
그돈많은남자들의부인보다백배는예뻤다.

〈조세희, 난장이가 쏘아올린 작은공.〉

마고할미는 바늘을 갈고 있었지요
터진 세상의 틈 사이에서는 호랑이들이
산마다 고개마다 자리를 지키고
팔 하나 주면 안 잡아먹지
다리 하나 주면 안 잡아먹지

산을 하나씩 넘을 때마다
팔을 주고 다리를 주고 눈을 잃고
이제는 젖가슴만 이 산 저 산 봉긋봉긋했지요
마고할미는 아직도 바늘을 갈고 있지요
한 땀씩 바늘귀가 실을 끼울 때마다
바늘귀 밖에서는 가투들이
임금님 귀는 당나귀 귀
임금님 귀는 당나귀 귀
쉰 목소리로 그렇게 속삭이지요.

청포장수 울고 간 뒤에

묵장수는 가고 조무래기들만 남았다가
조무래기들도 가고 몽당빗자루 한 놈만 남았다가
몽당빗자루 한 놈만 남아 먹장구름 만들다가
몽당빗자루 한 놈이 온 동네 먹장구름 만들다가
몽당빗자루 저 혼자 먹장구름 속에서 쿨럭거리다가
지나가는 버스에 손이나 흔들어 주는데
지나가는 버스에 손이나 흔들어 주는데

샛강은없어졌다
두개의호수가생겼다
사실은이것도옳은표현은아니다정확히말하자면
샛강은관청지도에서만없어졌다
샛강은흐름을바꾸었을뿐이다
그샛강이모랫땅속어디쯤의아파트밑으로흐르고있는지
알수없다지도에서없앤샛강은땅속에서방황할것이다
지금쯤오백칠동또는오백이십일동아니면거기서뚝떨어진
이동아파트밑으로흐르고있을지모른다
샛강은없어지지않았다.

〈조세희.시간여행.〉

콩깍지가
콩을 삶는데
콩 속에 콩꽃이
콩꽃 속에 콩새가
죽장망혜로 울고 가는데.

5부

생각하는 사람

극락조에 관하여

꽃이 나비인 줄만 알았었는데
꽃도 새가 되는 일이 있을 줄이야
날개를 접고 볏을 세운 극락조
새도 극락에 닿으면 꽃이 된다는 걸까
꽃이 극락에 닿으면 새가 된다는 걸까
깨달은 자들은 영영 말문을 열지 않는다는데
나는 어디서 이런 이법理法을 구해야 하나
담뱃불로 연비하던 시절처럼
깜깜한 내 이마를 쪼이는 날카로운 부리여
새가 꽃이 되듯이 나도 언제
울음을 멈추고 꽃이 될 순 없을까
나도 언제쯤 극락에 닿아
날개를 접고 꽃이 될 순 없을까.

십장생 거북이

험난한 물결이 나를 험하게 하네
험난한 날들이 너무 길어 흠이네
그러나

그러나
어쩌겠나
그리하다
그리하여서
한참 동안 그리하여서
칼로 마음을 새기듯
마디마디 그리하여서

온몸에 문신을 그리듯 수놓는 등껍질
쪼개질 듯 온 마음으로 견디는
균열龜裂.

붕붕붕

붕붕붕 내 유년의 풍뎅이처럼
꺾어진 다리를 다시 되돌려 놓겠다고
중복도 지난 염천 병원에 와서는
병실 침대 머리맡에 붙은 금식禁食 팻말에
풍뎅이처럼 겁을 먹는다 붕붕 돌며
병실 침대 머리맡에 붙은 팻말은
분명 금식禁食으로 적혀있는데
붕붕 의심에 눈을 박은 나는
자꾸만 식급으로 읽힌다 붕붕
식급이 아니라 식겁食怯으로 잘못 읽으며
나는 벌써 겁에 질린다 붕붕붕

나는 다시 부활할 수 있을까요

내가 꺾어버린 유년의 풍뎅이 다리들이
내 머리에서 내 눈앞에서 붕붕붕
짊어지고 날 수 없는 지구를 등에 지고 붕붕붕
나도 같이 똥 마려운 강아지처럼 붕붕붕
제 꼬리를 물고 제자리를 돌며 붕붕붕

나는 다시 부활할 수 있을까요

중복도 지난 염천의 병실에서
금식禁食 팻말이 자꾸만 식급으로
식겁食怯으로 잘못 읽혀 겁에 질리는

나는 지금 지구를 지고 날 수 있을까요 붕붕붕
나는 다시 부활할 수 있을까요 붕붕붕
의심에 눈을 박고 붕붕붕.

비늘

비늘
나는 언제 아가미를 가지게 되나
간혹 물속에 잠긴 아틀란티스를 생각하네
수초 사이로 우는 아이의 젖을 물리며
나는 언제 비늘은 다듬을 수 있나
아직도 허파로 호흡하는 고래

담배를 피우듯
오 분마다 한 번씩 물 위로 머리를 내밀어
저기 아틀란티스 젖빨이의 추억으로
길고 긴 숨을 들이켜며
지느러미를 다듬는
물속의 나

추억은 수초 사이에서의 날카로운 입맞춤
맹세와 다짐은 조가비 소라 고동
헛된 껍데기들을 못 잊으며
담배를 피우듯 숨을 쉬네
한숨

떨어지는 비늘
나는 언제 아가미를 가지게 되나.

가투假鬪 가투街鬪

한 꼬투리의 콩들이 이젠
때가 되었다고 거리로 뛰쳐나와
나는 왕이다. 깃발을 세우고
또 한 꼬투리의 콩들이 이젠
때가 되었다고 거리로 뛰쳐나와
나는 왕이다. 깃발을 세우고
동서남북의 콩꼬투리들이 모두
이젠 때가 되었다고 거리로 뛰쳐나와
나도 왕이라고 깃발을 세우고

갑자기 신발을 깁던 신기료까지
나도 왕이다. 갑옷을 입네
깃발을 세우고 창칼을 다네
놀이터에서 돌아오는 아이들처럼
우루루루 바람으로 몰려들어 깃발을 세우네

질겁하는 평화
자주 절름거리는 평등
봄, 여름, 가을, 겨울

아픈 편두통
우리는 늘 머리띠를 두르네.

늘 기다리는 향교 고갯길

떠나간 길들은 돌아오지 않는데
주정꾼만 남고 검정고무신 한 켤레 돌아오지 않는데
늙은 모과나무 까치밥 하나 남고 다 잊혔는데
닷새마다 돌아오는 장날이 되어도
썩은 간갈치 한 두름 지나가지 않는데
박하엿 기다리는 조무래기 한 놈 모여들지 않는데
대처에서 지친 갈보년 하나 돌아오지 않는데
떠나간 길들은 영영 돌아오지 않는데
하다못해 티눈 박인 발자국 하나 돌아오지 않는데

담배꽁다리만 한 노인 하나 노을을 비스듬히 가로막고

나는 한 그루 늙은 모과나무다 다시 꽃 필 것이야 기다
리다 떠나는
기차도 놓치고 보통이도 놓치고 손이나 흔들어주는 한
심한 한 그루
늙은 나무다 저기가 양지녘인데 주접조차 떨지 못하는
내게도 꽃다운 시절이 있었노라고 푸념조차 못 하는 한
그루 늙은 모과나무다.

오랫동안 돌보지 않은 빈집처럼 천천히 무너지는데
해 져도 달 뜨지 않는 그믐처럼 점점이 어두워지는데

옛다 돈 받아라
옛다 돈 받아라
정강이를 걷어차는 청석길.

전봇대, 또 전봇대

저기 쓸 만한 지팡이 하나
서른 객 끌고 가네
짚신 한 켤레 괴나리봇짐
혹은, 륙색에 새마을 모자 하나
무정한 봄날이 아롱아롱
유채꽃 피우는 전봇대 근처
산모롱이 돌아 또 전봇대
윙윙 우는 아지랑이 속으로
너무 휭하니 비었다 싶은
아니 아주 넉넉한 여백 속으로
아주, 쭉----빠진
지팡이 하나 타박타박 가네

아마 이런 이야기쯤이면 식상할까 사랑하는 아내가 있었고 또 늙은 어머니가 있었고, 어느 날 아내는 송홧가루 같이 바람이 들어 또 늙은 어머니는 죽고 아내도 죽어서 다 끝난 것 같은 창부도 만났다 헤어지고 거짓말쟁이 도둑놈도 만났다 헤어지고 그리고 저 삼포 가는 길애 딸린 과부같이, 아니 얻어먹는 쉰밥같이 이 봄날에

저 서른 객 전봇대. 또. 또
전봇대.

봄을 굽다

가령 친구 세 명이 우연히 만났다 치자
오랜만에 선술집에 앉았다 치자
술이 한 순배쯤 돌았다 치자
석쇠 위의 고등어들을 대가리, 몸통, 꼬랑지
이렇게 굽고 있었다고 치자
혹은 개혁적인 고갈비로
혹은 보수적인 고갈비로
혹은 개혁보수나 보수개혁적으로 굽고 있었다 치자
어떻게 익어갈까 생각하고 있었다고 치자

또 술판에 둘러앉은 세 사람이 좀 취했다 치자
혹은 혁명과 개혁을 외치며 취했다 치자
혹은 보수 우익으로 취했다 치자
어쩌면 다른 한 사람은 자신이 개혁보수인지
보수개혁인지 갸우뚱거리며 대가리나 몸통
혹은 꼬랑지를 안주 삼아 술을
쭉――― 들이킨다 치자

이때 선술집 마루 밑의 강아지도

어느 쪽이 내 몫일까 꿈꿀 때
노릿노릿
문득 왔다 가는 춘삼월.

생각하는 사람

늘 하나의 바위였습니다
비바람 맞으며 검버섯을 피워내는
그냥 하나의 바위였을 뿐이었습니다
그러던 어느 날 한 석공의 눈에
턱을 괴고 앉아
생각하는 사람의 모습이 보였습니다
바위 속에서 오랫동안 고뇌하며
무엇을 생각하는 사람이 보였습니다
그날이었습니다
검버섯을 걷어내고
검버섯처럼 덮고 있는 허물을 걷어내고
오랫동안 고뇌하며 생각한 사람을
처음으로 만나보게 한 날이었습니다
바위 속으로 들어가 한 천 년
생각만 하던 사람이 우리 곁에 와
가만히 자기를 보여주기로 한 날이었습니다.

또 한 사람은 늘 생각만 하고 있었습니다
내 한 번의 눈 맞춤이

너에게로 가 천 년의 한을 만들었다고
이제 네 눈물과 한들을 모아
불국사 앞뜰에다 연화지
푸른 연못을 하나 파주마고
그리고 나는 석가탑 속으로 들어가 너를 볼 테니
너는 저 다보탑 속으로 들어가 또 나를 보라고
연화지 푸른 물빛에 비친
네 얼굴을 내가 보고 내 얼굴은 네가 보라고
한 천 년 못다 한 얘기나 좀 해보자고
다시 조용히 바위 속으로 들어간 날이었습니다.

흔적 없던 바람이 갈잎을 흔들어
조용히 그 자취를 생각하게 한 날이었습니다.

들개를 키우다

안개같이 무심하게 아비는
안개가 데리고 온 들개같이
잊으라, 그리하여 어스름 달빛같이
잊으라, 하고
휘적휘적 두루마기 자락을 흔들며 논두렁길을
무심하게 뒤 한 번 돌아보지 않고
안개같이 무심한 말만 흩날려놓고

사라지는 흰두루마기 꼬리같이 우리는 모두 들개였으리.
한 마리 들개이거나 그 오래 전 들개의 영혼이었으리. 문득
눈시울만 흐리게 하는 안개같이, 바람같이, 바람결에 흩날
리는 민들레 홀씨같이, 쳐다볼 틈도 없이 사라지는 꼬리같
이.

봄바람에 한 번
바람결에 바람같이 왔다가 무심하게
한번 썩 머리를 쓰다듬어 주곤
그래, 그래야지
고개를 들고 쳐다볼 틈도 없이

흔들리는 들꽃 하나만 남기고서
무심하게 정들 틈도 없이
무심하게 바람같이 흔들리는 기억같이

사라지는 아비같이 나 또한 무심한 들개의 영혼이었으리.
배고픈 암컷들이 둘러앉은 식탁에서 권위같이 안정된 의자.
잊으라. 무심한 안개의 영혼이었으리. 들개의 꼬리 끝같이.
잊으라. 안개같이 흩날리는 두루마기의 자락이었으리.

바람이라 마음 잡아맬 수 없는 옷자락이란
늘 안개 같아서 잡아라하면 달아나버리는
저기 들개들의 영혼
또 다른 세상을 만나 잠시 꺼두는.
무심하게
더 무심하게.

해 설

박봉 씨가 잃어버린 것들

최 영 철(시인)

시는 변방의 언어와 변방의 세계인식을 밑천으로 하여 쓰여 진다. 중심에서 유통되는 표준의 언어와 표준의 세계인식이 인위적으로 걸러지고 규정된 것인데 반해 변방의 그것들은 자연발생으로 터져 나와 유통되고 있는 지금 여기의 것들이다. 그것들은 한 사회가 규정한 규범에 얽매이지 않고 때로 그것에 딴지를 걸며 중심의 언어와 세계인식이 가진 허위를 까발리고 극복한다. 텔레비전 개그 프로에서 보듯이 그 변방의 언어들은 무엇에 감격하고 무엇을 비난하고 풍자할 때 더욱 적절한 효과를 발휘한다. 이와 달리 표준어는 매끄럽고 부드럽게 정제된 언어로써 무리 없이 유통되기는 하지만 진실을 전달하기에는 역부족일 때가 많다. 경우에 따라 자신의 진심을 은폐하는 가식의 언어로 사용되는 경우도 있다.

변방의 언어는 채 다듬어지지 않은 모나고 울퉁불퉁한 굴곡을 가졌지만, 그렇게 마모되는 것을 거부하며 긴 시간을 자생해온 진정성의 언어이기도 하다. 표준어는 그

것을 공유할 준비가 되어 있는 청자만을 설득하고 감동
시키지만 변방의 언어는 아닌 밤의 홍두깨처럼 질서정
연하게 놓여진 고요한 평화를 들쑤시고 깨부수며 발설
된다. 거기에 찬탄과 비통을 담은 시의 언어가 있다. 이
런 속성은 시가 가진 절실성의 감정, 비표준과 비정형을
추구하는 시의 세계인식과도 일맥상통한다.

성선경의 이번 시집이 갖는 의미 또한 그러하다. 그가
구사하고 있는 경상도 방언의 가락과 정서들은 그동안
우리가 주로 보아온 전라도 시의 가락과 정서와 나란히
놓을 만하다. 전라도 시인들의 시에 비해 성선경이 구사
하고 있는 경상도의 것은 그 가락에 있어 감칠맛이 덜하
고 투박한 일면도 없지 않다. 그런 요소들 때문에 경상
도의 언어를 비시적인 언어로 여겨왔던 것이 사실이며
경상도의 시가 대체로 관념에 성하도록 한 원인이 되기
도 했을 것이다. 그러나 성선경의 이번 시들은 그 투박
한 경상도의 말과 가락으로 시의 힘과 해학을 유감없이
발휘하고 있다. 그의 시에 의해 경상도의 언어는 복권되
고 있다.

> 그래 우리 기쁘게 만날라치면
> 아이구 문둥이다 툭사발이
> 마마 곰보 자국의 보리방구다
> 노름 숭년의 장리쌀 야반도주도
> 삼사 년 기별 없다 돌아온 딸년도

취발이 곰배팔이 얼싸안으며
이 망할 것아 한마디 툭 던지면
소나기 한마당 시원하게 약 되듯이
찬밥에 땀 흘리는 풋고추도
오뉴월 막장에 배부른 악담도
아이구 문둥아 문둥아 달려오면
보라 비 개인 두척의 청정한 솔잎파리 하나
맺힌 물방울들을 썩 걷어치우는 것을
보라 우리가 저 산같이 성큼 다가서
서로 문드러지도록 맞비빌 수 있다면
청보리면 어떠랴 문둥이면 어떠랴
해방둥이 김서방이 짐서방이 되어도
동란둥이 최서방이 치서방이 되어도
취발이 언청이 문둥이라도 좋을
우리말이여, 경상도 사투리여
그래 우리 기쁘게 만날라치면
아이구 문둥이다, 툭사발이
마마 곰보자국의 보리방구다.

-「경상도 사투리」 전문

　경상도와 전라도의 방언에는 반어법이 즐겨 쓰인다. 전라도의 "좋아 죽겠네" 경상도의 "야이 문둥아"와 같은 말들이 그런 범주 안에 드는 것일 텐데 경상도의 반어법은 그중에서도 농도가 짙고 격렬하다. "쌔(혀)가 만발이 빠질 놈아" 같은 표현은 더할 수 없는 악담이지만 그 말의 정겨운 진의를 아는 사람들끼리는 좀 과한 친밀감의 표현으로 이해되고 있다. 이런 정서를 공유하지 못하는 타지인의 입장에서 보면 도무지 이해가 가지 않는 언술이지만 그래서 더더욱 해독을 위한 어떤 비밀번호를 가진 사람들끼리의 정겨운 유통방식이 되어왔다. 그 정감의 정도는 표정과 억양에 따라 농도를 달리하는 것이어서 방언은 근본적으로 온몸을 통해 시끌벅적하게 표현된다.

이 시에서 사용된 '문둥이' '툭사발' '보리방구' 역시 그런 용도로 쓰이고 있는데 그것들이 갖고 있는 의미는 다의적이다. 표준어가 가진 단순한 의미망을 넘어 두어 가지의 속내를 함께 전달한다. 문둥이 툭사발 보리방구라는 말 속에는 노름 밑천에 가산을 탕진하고 숭년의 장리쌀을 팔아 야반도주한 것에 대한 원망과 비난이 표현되어 있지만 삼사년 집 나가 기별도 없다가 돌아온 딸년, 취발이 곰배팔이같이 속을 썩인 피붙이를 얼싸안으며 내지르는 용서와 반가움의 감정이 함께 녹아있다. 또 한바탕 시원하게 내린 소나기처럼 한때의 실수가 약이 될 수도 있다는 격려의 뜻도 함께 담겨 있다. 그것은 모진 세월이 안겨준 크고 작은 시련들이었지만 그 시련에 힘입어 너와 나는 저 산간이 서로 무드러져 맞부빌 수 있었다.

이처럼 경상도의 말은 대체로 과묵하지만 그 내포하는 범위가 넓다. 경상도 남자의 퉁명스러움을 대표하는 말로, 퇴근해서 온종일 집을 지킨 아내에게 던진다는 세 마디 말이 있다. "밥 묵었나?" "아는?" "자자." 이 세 마디 말 속에는 다른 지역 사람들이 공유할 수 없는 속 깊은 정이 이미 듬뿍 담겨있다. 오늘 하루 동안의 가정의 안녕과 아내에 대한 사랑을 표현하는데 이보다 더 경제적이고 직접적인 언어가 또 있겠는가, 성선경이 동원한 경상도의 언어는 이러한 역동성과 다의성을 지니며 절정을 향해 신명나게 치닫는다.

간조기 한 손으로 대목장을 봐오신
아버지는 마당만 쓸고 계셨다
씨나락도 안 되는 멸구풍년 한 해의 통일벼로
젯밥에 올릴 떡쌀을 담그면 하나둘
대처로 떠났던 그리운 이웃들이
머쓱 머쓱한 얼굴로 돌아들 오고
철없는 조무래기들은 안방 사랑방
설빔의 새 운동화로 소란을 떨었다
밤이 이슥해 모여든 이웃들은
고달픈 세상 이야기로 술잔을 기울이고
밤마실을 나가 설샘을 하시는 할머니는
대처로 떠나 소식 없는 딸년들을 걱정하시며
십 원짜리 민화투로 밤을 새운다
촐랑거리던 조무래기들도 모로 잠들고
눈을 감아도 길이 없는 또 한 해
날이 밝아서야 광산 아재는

부산에서 올라오셨다.

－「세모歲暮」 전문

성선경이 그려낸 농촌 풍경은 산업화 이후의 농촌 현
실이 그러했듯이 우울하고 쇠락한 모습을 띠고 있다. 간
조기 한 손으로 대목장을 봐오신 아버지는 가부장의 권
위를 잃어버린 무능한 가장의 표본으로 마당만 쓸고 계
시고, 병충해에 망쳐버린 한 해 농사로 젯밥에 올릴 떡
쌀을 담그고 있던 집안으로 대처로 나갔던 가족들이 돌
아오고 있다. 그들 역시 도시 변두리의 빈민으로 정착한
처지여서 귀향길의 표정도 '머슴머슴'할 수밖에 없다. 신
이 나서 명절 분위기를 내고 있는 것은 그나마 새 운동
화 한 켤레로 설빔을 삼은 철없는 조무래기들뿐이다. 모
처럼 마주 앉은 사람들의 대화는 고달픈 세상 이야기뿐
이고, 노인네들은 그나마도 귀향할 형편이 못 되는지 대
처로 나가 소식 없는 자식들 걱정이다. 농촌의 새벽은
십원짜리 민화투와 칼잠 든 아이들 어깨 너머로 밝아오
고 그때야 당도한 늦은 귀향도 있다.

급속도로 진행된 우리의 산업화는 농경사회가 가졌던
가족과 이웃 간의 유대감을 무너트리면서 가부장의 권
위까지 무너트렸다. 낡고 거추장스러운 것으로 여기기
에는 그것이 붕괴되고 난 지금 겪는 비인간화와 무질서
의 폐해가 너무 크다. 그렇게 시들어가는 20세기 말의
농촌풍경은 시「마늘 한 접」에서도 잘 드러나고 있다.

세상에 믿을 것이 없다는 것은
저문 들녘에 서서 불타오르는 노을을 보면 안다
내일이면 해는 또 떠오를 것이고
다시 들녘에 나와 물꼬도 틔우겠지만
한 철의 노동을 마감하면서
내 씨알같은 땀방울들이 저토록
허망한 기포같이 떠올라서야
마늘 한 접이 금가면 못쓰는
플라스틱 바가지 하나보다 못한데서야
                                         ─「마늘 한 접」부분

　마늘 한 접 값이, 공장에서 마구잡이로 찍어내고 그런
만큼 쉽게 버려지는 플라스틱 바가지 값도 못한 것을 한
탄하고 있다. 그런 시인의 심정은 지금 이 땅의 모든 농
부들이 갖고 있는 자괴감과 다르지 않다. 애지중지 키운
1년 농사를 작파하는 광경은 이제 흔하디흔한 광경이 되
어버렸다. 시「마늘 한 접」은 또 이렇게 이어진다.

저 근본같은 내음의 마늘 쑥조차
저렇게 불붙어 타오른다면
어찌할거나 이 저문 들녘에 서서
저 노을처럼 마늘 한 접 타고 있는데
울거나 웃거나 마찬가지 농투산이 하회탈
저 노을처럼 속만 타는데.
                                         ─「마늘 한 접」부분

그를 비롯한 오늘의 사십 대 중반은 이와 같은 농촌 현실의 파장들을 직접 몸으로 겪은 세대였다. 동란 후의 피폐한 농촌사회에서 태어나 조국근대화라는 미명 아래 진행된 개발독재 하에서 성장기와 학창시절을 보내며 급격하게 몰락해가는 농경사회의 모습을 직접 몸으로 느낀 세대였다. 그 시절의 자화상은 시 「보리개떡을 먹으며」에 잘 그려져 있다.

> 플라타너스의 마른버짐을 보며
> 나는 국민학교 오학년이었다
> 선생님은 분식을 해야 한다고
> 흑판을 탕탕 치시며 강조하셨지만
> 운동장 저쪽의 미류나무 잎사귀들은
> 넋을 놓고 졸고 있었다
>
> — 「보리개떡을 먹으며」 부분

그 와중에서도 산업화의 진행은 너무 빨랐고, 농투성이의 가난을 대물림하지 않으려던 부모들에게 떠밀려 그들 세대는 도시로 도시로 내몰리며 무너지는 농촌 현실을 감지할 기회를 놓쳤다. 그렇게 도시의 삶에 내몰려 그들 세대는 어느새 마흔 중반에 이르게 되었고 이제 겨우 자신을 추스르며 돌아갈 원형을 찾아보지만 이미 그 원형은 붕괴되고 없다는 것을 자각하게 된다. 그렇게 형

편없이 몰락한 농촌사회의 역사를 그는 「보리 한 톨」에
서 이렇게 풍자적으로 노래한다.

> 그래,
> 경상도 토박이다가
> 깊이깊이 뿌리내려서 누대에 걸친 가난이다가
> 보리꽃 피는 왕산들에서는 고봉밥 한 그릇 다 비우고
> 질경이 명아주 강아지풀 해거름 밝아오는 보리방구이다가
> 세에노야 세에노야 행랑채 머슴방에선 장기판의 졸이다가
> 팔쭉이다가, 낮게 낮게 흘러서 또 어디로 떠날 봇물이다가
>   − 「보리 한 톨」 부분

 그것은 무엇에 내몰려 중심을 잃고 흘러왔던 우리의
현대사이기도 할 것인데 불과 삼십여 년 전쯤의 모습을
우리는 너무도 쉽게 그리고 빨리 부정하고 망각해버렸
다. 첨단 정보화 사회에서 천하지대본의 농민은 천민으
로 추락해 있고 이 땅에서 난 토종 농산물은 수입농산물
에 밀려 비룟값도 못 건지는 형편이 되었다.

> 빈농의 아들로 태어나
> 육 남매 맏이가 되어
> 된장국 시래기로 땀 흘리다 이제는
> 훌쩍 자라 열일곱 시범농고 장학생 너는 가누나
> 쌈판에 나서는 장닭처럼 당당히 깃털 올리고
> 마늘금 떨어진 십 리 장터로 너는 가누나

122

풍선으로 만장한 양파꽃 들녘을 지나
너의 꿈은 여전히 자작농가의
유언비어 같은 복지농촌이지만
너는 몰라라 오엽송 분재 한 그루
드문드문 어색히 박힌 민둥산같이
농막에 코 박고 사는 우리 생애를
째지면 솔이고 막히면 팔쭉인 것을
낮게 낮게 흘러서 풋새로 몸을 가린
농투산이를 너는 몰라라 마늘금 떨어진 십 리 장터로
너는 가누나 양파꽃 마늘논 들깨밭을 지나서
창녕읍 송현동 북창교를 지나서 교련복장에
삽자루 화훼원예 2급 기능사 자격증 하나
핫둘핫둘 구령 붙이며 발맞추어
당당한 아침으로 너는 가누나
튼튼한 농우소 너는 가누나.

— 「시범농고생 조카」 전문

우리의 농촌 현실이 안고 있는 심각한 문제는 앞서 살펴본 문제들이 뚜렷한 대안이나 돌파구를 갖지 못한 채 다음 세대에게 대물림되고 있다는 사실이다. 정책당국은 입으로는 농업의 중요성을 외치고 있지만 가까운 거리에서 그 현실을 지켜보는 시인의 눈에는 하등 달라진 것이 없다. 허울뿐인 시범 농고의 장학생인 조카를 바라보는 시인의 시각은 그래서 안쓰럽고 암담하다. 빈농의 육 남매 맏이인 조카는 훌쩍 자라 열일곱 농고생이 되어

'쌈판에 나서는 장닭처럼 당당히 깃털 올리고' 가지만 그가 가야 할 길은 '마늘금 떨어진 십리 장터'이며 '풍선'처럼 그 수익을 점칠 수 없는 '양파꽃 들녘'이며 '유언비어 같은' 허울 좋은 '복지농촌'이다. '째지면 솔이고 맥히면 팔쭉인' 쭉정이 인생이다. 그래서 '화훼원예 2급 기능사 자격증 하나'에 '핫둘 핫둘 구령 붙이며 발맞추어' 가는 조카를 우직한 '농우소'에 비유하고 있다. 그 조카가 걸어가고 있는 길은 삼십년 전 그가 걸어갔던 길이며 그가 용케 벗어났던 길이기도 하다. '당당한 아침'의 '튼튼한' 행보라고 말하고 있지만, 시인은 그 길이 결코 끝까지 당당하고 튼튼할 수 없다는 것을 알고 있다.

그럼에도 아무 손을 쓸 수 없는 무력한 처지에 놓인 자신의 현재를 시인은 이어지는 박봉 씨 연작에 풀어내고 있다. 그가 설정한 박봉 씨는 농군의 아들로 태어나 자의반 타의반으로 도시에 정착했던 모든 봉급생활자의 통칭이겠지만, 그것을 통해 시인은 도시의 삶이 결코 성공이 아니었다는 것을 강조하고 있다. 박봉에 시달리며 그 박봉을 받는 만큼 졸아지고 소진되는 삶을 그는 우스꽝스럽게 그려 보이고 있다.

「서른 살의 박봉 씨 ― 누구를 만난다는 것은 괴롭다」에서는 신바람이 나야 할 봉급날을 오히려 괴롭고 두렵게 보내는 처량한 모습이 그려진다. '찻값을 내야 할 적당한 시간이 오면/ 종종 구두끈이 풀리고/ 술집을 나설 때쯤이면/ 언제나 오줌이 마려운' 지경으로 딴전을 피워야 한다. 시「달팽이의 집」에서는 '이사철이 되어서 나는/ 이 언덕배기 저 달동네 쫓아다니고/ 아내는 전봇대와 전봇대/ 그 사이 벽보들을 읽고 다닌다.'와 같이 방을 구하기 위해 전전긍긍하는 모습이 그려지고 시「싸구려를 위하여」에서는 '어찌 너와 나의 인생이 싸구려랴만/ 값없는 청홍이니 박수나 치자/ 길 없는 우리네 청춘도 바겐세일/ 앞 없는 우리네 내일도 할인판매/ 골라골라 골라서, 어쩜 생활이란 건/ 날마다 새롭게 선택하는 일'과 같이 자조 섞인 한탄으로 표출되고 있다.

도시로의 이주는 신분상승을 보장해준 것이 아니라 영세농민의 신세나 다름없는 소시민으로 전락한 것에 지나지 않았다. 시인이 평소 입버릇처럼 말하는 뼈대 있는 창녕 성씨 가문의 자존심마저 도시는 여지없이 무너뜨렸다. 가난은 쉽게 청산되지 않았고 초췌하고 구차한 일상은 그대로 이어지고 있다. 이제「서른 살의 박봉 씨 ― 농무農舞를 읽으며」에서 시인은 그 버리고 온 것들에 대한 원형 회복을 이렇게 갈구한다.

왜 잊었던가 내 돌아가
알곡으로 씨눈을 틔울 곳
도회에서 나서 도회에서 자란
나의 아내에게 나의 아들에게
또 도회에서 늙어갈 또 다른 이웃에게
목숨다운 목숨이 땀 흘린다는 게

얼마나 행복한 것인가를 가르쳐 줄
시여 시인이여
－「서른 살의 박봉 씨 ― 농무農舞를 읽으며」부분

　마지막 부분의 외침이 말해주듯이, 그가 회복하고자
하는 농촌사회의 원형과 시와 시인이 향하고 있는 진로
는 동일한 지향점에 놓인다. 그것들은 훼손되고 소진되
고 헐거워진 우리의 삶을 다시 팽팽하게 되살려 놓을 소
중한 생명선들이다.
　이제 성선경의 선택은 더욱 분명해졌다. 다시 농군의
아들로 회귀하는 것과 그럴 수 없다면, 더욱 적극적이고
치열한 정신으로 그가 꿈꾸는 시의 생명력을 이 시들어
가는 회색도시에 뿌리 내리는 일이 남았다. 막걸리 한 잔
의 힘으로 다시 일어서는 지게목발처럼 말이다. 그것을
향해 나아가는 추임새가 바로 다음과 같은 시일 것이다.

　　투박한 손들의 어미 아비들
　　어미소같이 편안하실까
　　지게목발 지게목발 생각하면은
　　새봄은 어물리들을 넘치게 넘치게
　　화왕산도 중턱까지 차올라와서
　　바지랭이 가득하게 참꽃이 일렁이는데
　　오늘은 노을도 넉넉한 취기에 흥이 겨워서
　　월급쟁이 소심한 때를 벗고서
　　술상을 두들기며 막걸리를 마셔도

어른어른 고향이 떠오르면
목매인 노래조차 되지 않는 요즈음
나는 지게목발 나는 지게목발..
　－「서른 살의 박봉 씨 ― 요즈음, 막걸리를 마시면」 부분